相遇
尘埃落定
纷繁归寂
天地之间
惟有
你家的欢喜

寒布

寒布的诗

寒布 著

作家出版社

寒布

本名贾立新，出生于河北故城寒布，
现任职于故宫博物院。

目录

黄花酒

掷我于酒中

让我慢慢展颜

在入秋后　在杯前

我已不是当日枝上的鲜艳

君不再是少年

荆棘鸟

是痛苦让我飞翔

绝望是我的翅膀

当荆棘刺穿我

殷红的胸膛

因为疼痛　因为死亡

我终于开始　动人的歌唱

放牧的忧伤

我的心

是远古的月下

鸣笛的牧人

天上的白云

是我千万年了

不曾停止找寻的羊群

信

总也止不住那份渴念
面对着隐在
淡淡墨迹中的你
总是要化成
深深泪痕里的我
总是将无尽的情感
变成带泪的微笑
噙在彼此的眼中
也总是如烟如雾的淡然
把心慢慢隐去在
各自的话语里面
唯有独自凝望的苦楚
渐渐浓缩成低低的呜咽

似水流年

只道如花美眷

不觉似水流年

说什么永厮守 长相依

道什么执手缘 难了断

君不见 发如秋霜展眼间

多少柔情都抛却

只把少年情怀化如烟

从来是艳词文章千古颂

谁怜却怨女痴男皆作尘

且疏狂 借酒欢

不邀明月独自饮

管伊落向谁家院

爱情的游戏

从他那里放下的
又从你这里拾起
暧昧了　清晰了
鲜明了　模糊了
反正就是这样的
一些　过往
反正就是这样的
一些　来去

不　要

不要
把你的心都给我
留一片种植你的欢乐
放牧你的忧伤

不要
把你的泪水都给我
留一些灌溉你的灵感
漂流你的梦想

不要
把你的热情都给我
留一点温暖你的悲凉
书写你的方向

无　题

当一切问题不再成为问题

当时间终于将执著变成荒唐

眼泪不再有深刻含意

没有触痛的伤疤

只是个并不明显的痕迹

我知道

过去我在做一个游戏

别当真的是我的如诉如泣

看　我在蒙起的指缝间

欣赏你的轻信

不要把你的脸绷起

我嘲笑的是我的心

而不是你

让我把热情都付于放肆的嬉戏

记忆是垃圾

你帮我背着或者丢弃

当自卑像幼蝉一样

嫩绿的脊背终于脱壳而出
剩在风中那轻薄的蝉蜕
就是我在这世间
唯一可以辨认的形迹

成长的疑惑

为什么在与众人同行的路上
我们的身影越来越显得孤单
为什么在醒与醉的交替之间
我们的笑容忽然都有了辛酸
为什么在流浪之后
热情渐渐冷却　真诚渐渐虚伪
而除了家没有一个地方更加温暖
为什么疼痛的感觉渐渐麻木
而对是非也已失去了应有的判断
为什么我们寻寻觅觅想为爱情找个注释
而如今却两手空空几乎失去信念
为什么曾经固执地维持的自我已然浑圆
而必须修改的总是我和我的誓言

逝

什么时候

我和我的情感逐渐模糊

而你和你的感情不再清晰

什么时候

你开始推开我向你靠近的双肩

而我也不再重复我的誓言

什么时候

你开始读你自己的心事

而对我眼里的企盼不再看

什么时候

想哭的时候我开始寻找角落

而不是你的胸前

为什么离开你我并不感到痛苦

而在你身边我的心不再温暖

只剩下淡淡一片

为什么夜来的时候

你不再是我唯一的思念

无奈　叹息和复苏的灵感都到枕前
为什么幸福的时候总是空白
而诗总是和不幸紧紧相连

夏　天

我是　一只黑蝉
在这满是我伙伴的林间
我从温暖的地间爬出
阳光下闪着银光的脊背
曾是那样嫩绿　柔软
我吸吮白色如浆的树汁
在歌唱之前　朝露是我
必饮的润喉的新茶

我的歌声是
密织的情网　永不间断
是正午一串串
喜悦的缠绵
是在清晨的风中
见我爱人默默等待时的
满胸腔的爱怜
整个夏天

我都快乐而不知疲倦

当寒雾欺上

我栖身的叶片

我知道我将失去

我用整个生命维护的夏天

我感到渐渐僵硬的响板

再不能清脆地拨响

如果不能尽情的歌唱

我情愿　选择死亡

因此我在秋风中静默的等待

并且不再答应

我伙伴　喑哑的呼唤

在我渐冷且逐渐模糊的心中

升腾着越来越强烈的信念

我还会再次歌唱　不过

那要等一个很长很长的冬季　和

很短很短的一个春天

爱　过

风　我想它没有传错消息

雨　我想它没有流错河堤

爱　我想它没有错给你

悲欢总是有些理由

忍耐也不是没有任何目的

我的泪已成湖

嵌入你眼眸深处

我的情已成为荒原上

烧不尽的星火

生生不息

今日的我已不会畏惧

畏惧模糊的幸福

和隐约的裂隙

我的脸已隐去坎坷

我的心已穿过荆棘

歇息　歇息在你

温柔的怀抱里

分　离

分离是清晨的残梦
分离是枕边的无眠
分离是将你的名字
轻轻呼唤

分离是无言的幽怨
分离是幽怨的眉尖
分离是从低语
到呜咽的转换

分离是不再温柔的风
分离是阳光不再灿烂
分离是淡去你的冷漠
清晰往日的缠绵

分离是习惯寂寞
分离是把忧伤尝遍

分离是思念慢慢燃烧在

每一个孤独的夜晚

无　题

我知道最容易消逝的是时间
最无用的是誓言
伤痛都藏在诗的后面

我知道慢慢膨胀的是物欲
渐渐虚伪的是情感
爱情的秘密早已失传

我知道人前的微笑越是灿烂
就越需要忍下所有的辛酸
缄默是不想听到应付的感叹

我知道生命如一杯水清清淡淡
同样的故事里没有特别的恩与怨
所有的浪漫都将归于平凡

别后心情

给我最好是你笑容
因它而起多少往昔鲜明
拭去浮尘
便能清晰你所有温柔
如果我的记忆还如此葱茏
想你也不会放下相知岁月里
那一个清凉的秋

我留下你带走的是同一个梦
你不说我不讲的是一样的深情
流过的泪即使风干
现在也仍然会有些感动
寻寻觅觅的心情你我都有过
许多执著失落在蓦然回首的时候
相聚与分离就这样接受
只因为幻化的自然
我们都已经懂

有时候一个人会很冷清
想最好的是你笑容

十字架前的忏悔

在疯狂的边缘行走

它沉重又轻浮充满诱惑

丑陋原始恶毒让我避之不及又甘愿坠入

在疯狂的边缘行走

我的思想在漆黑的风中飞舞凌乱如发

我不安如惊鹿无法停止无法歇息

艰涩隐晦的暗示让我不知所以又心痛如炙

神　在无助的呼喊中

我看见你千年的流血依然新鲜

你神圣的光芒让我双目失明又让我心如镜

我清醒着你的不幸却无法麻木自己的痛

神　在十字架上禁锢的是你的肉体

而在天国里你高尚的灵魂自由翱翔

我看见天使美丽的脸冷漠苍凉

她无缝的天衣纤尘不染上面写满孤芳自赏

魔鬼在另一边他有着灿烂无比的笑容

他的如夜的舞步充满诱惑与痴狂

红红的闪烁跳跃直扑到眉间的是地狱的炼火

那火是如此的烫我将我的心凑近火焰

当我把它用眼泪蘸火以后它似乎有些焦煳了

我不知道它是就此碎裂呢还是从此坚硬如钢

水中花越来越接近腐烂也越来越娇艳

她带着贪婪注视她的目光骄傲而轻浮地走向死亡

禁果　听说它已在伊甸园中风干

神　我是多么渴望地母的怀抱

而我在四季的风中飘摇无法亲近她的肌肤黑腻粗糙

那些幻化无常无影无形的模糊的悲哀执著的将我跟随

爱与恨这些尘世的鳞片与我骨肉相连如痼附身

它们在圣洁的召唤下熠熠闪光

在欲望的海洋里腥臭难耐

我无法把握它们就像无法把握我自己

神　生存是如此苍白无力

他放在我手中的线是如此纤细欲断

神　我看见了荆棘鸟

荆棘正刺穿它殷红的胸膛

在它绝望的歌声中我听出对死亡的欢乐和膜拜

神　我的问题不是生存还是死亡

我无法选择的只是地狱还是天堂

天使你的泪水冰冷如火 魔鬼你的眼神热烈如冰

神　在冰与火中穿行之后我的心是否还能回复

最初的婴儿般的宁静与柔软

古　泉

我在很深很深森林的边缘
用沉默回应那些鸟儿嬉戏在林间
我知道那些雾怎样在晨暮间变幻
阳光闪烁不定　风雨侵袭无常
小草怎样在夜间偷偷生长
我还模糊记得因隔绝而几乎停顿的时间
好像过了很多很多年

我想你一定是要寻找些什么
才开始出发
一定穿过冷冷的丛林
也一定攀过古老的藤蔓
或许还采过几朵野花
当你独自行走在路间
因着寂寞　因着疲倦
然后你来到我身边
我想这也许仅仅是一次偶然

让你发现

那因四季的落叶而深埋的泉眼

你喜悦的眼睛对着我幽幽静静的脸

仿佛在梦中有过这样的相见

你惊奇于我中的你是如此的清晰

我则感叹命运的拖延

经历了多少个世纪的磨难

而我们终于有不得不相遇的一天

你饮我是如此的贪婪

我送你以我孤独和盼望结晶的甘甜

生命在一瞬间由平淡转化为光华的灿烂

这转变的过程是如此的迅速

又是如此的缓慢

当我们再一次相视

在我心里有你追求的新鲜

而你眼里也有我深蓝的久远

风 · 花

轻轻的
我从你身边掠过
你初开时
我怕我的手会拂痛
你的面庞

悄悄的
我从你身边掠过
你盛开时
我怕我的脚步会踏破
你的清梦

我终于能够将你带走
当你在枝头老去
在我怀里
你毫无知觉
但却依然馨香

弗拉门戈

有一些歌唱

是因为悲伤

有一种舞蹈缘于

无法摆脱的绝望

当热烈的舞步撩动

如许的陶醉与痴狂

在我绚烂裙裾里飞旋的

是我不能停止的　爱与忧伤

月色苍茫

有你的琴声　婉转悠扬

是召唤　是眩惑

充满夜的狂欢与渴望

让我远离所有

可以触摸的真实与快乐

挣扎在

我永远不能拒绝的

痛苦和梦想

当我终于可以停止　可以歇息
鬓边的玫瑰　正慢慢枯萎
慢慢失去芳香　而远处
落霞依旧　孤鹜彷徨

不再相见

别离是在春天
每年的相思
便疯狂成那一片
灿烂的二月兰

不再相见
只因心底眼间
已堆积太多的幽怨
一段痴情足以
将我们隔断

不再相见
怕我们交流的
只是些伤心的眼神和语言
剥脱的心经不起
再一次的执著

不再相见

怕那伤感

如一抹泪湿的胭脂慢慢洇开

在你温柔的目光里重现

所有的往昔　爱与缠绵

让我的心

平静如一湖无风的秋水

那些汹涌的激情隐若

湖底的暗流

我爱　我们将

不再相见

也　许

也许我仅仅是你成功盛宴上的

花环　点缀

你曾经年轻的梦想和

今日的志得　意满

也许我应该乖觉的美丽　鲜艳

直至　曲终人散

直至　你意兴阑珊

再悄悄的　凋谢

悄悄的　黯淡

爱到心灰

为爱背负起所有的罪

而你却说　很累

也许你只要一些游戏和虚伪

浓情的缠绵　眼中的沉醉

原来你无所谓是跟谁

就让我把这份执著

兑进美酒和咖啡

请你陪我品味

这甜美的沉沦与颓废

一杯又一杯

就让我的傻　我的醉

做你浪漫故事的点缀

心　不在乎多伤这一回

偷偷饮下这一夜的泪

还说　不悔

寂寞原来只有音乐可以安慰

反反复复唱到心碎　听到心灰

玫瑰的芬芳

你的玫瑰开在我的窗前
芬芳却留在了你的指尖
当我接过这满怀的娇艳
我知道　我将守候它们
从深红到黯淡
你热烈的拥抱让我窒息
而在松开的刹那间
却留不下　哪怕
一丝丝的温暖
我依然如此绝望的孤单
即使你的誓言　你的呢喃
就在我的枕边

爱情的酒

这一杯
爱情的酒
我已酝酿了
很多年
用青春的花瓣
还有泪水
和着锥心的思念
这琥珀的颜色
这样浓郁
窖藏已久的味道
是这样的绵长
为着与你
共饮的这一天
我已等待了
很多年
我知道你将
微笑着一饮而尽

而幸福的眩惑

也只在这

微醺的一瞬间

数字时代

当这世界越来越　喧嚣

我们却正在　失去

倾听天籁的　敏感

这世界越是光华　灿烂

我们的目光却日渐苍白　茫然

我们不停的奔跑　向前

却不知道哪里

是我们的　终点站

而牵着的手随时会　失散

幸福不能　去拷贝

爱情却可以不断　被出版

耳边的誓言

也已经被下载了　无数遍

我们已经习惯了　数字和网络

习惯了　虚拟和谎言

能够交流的不再是

心灵的　呓语

而只是这些

泛滥的　邮件

情人节

你已决意离去　全身而退

我不再尝试去挽回

我以为我会无所谓

也拒绝所有的安慰

我想我有足够的勇气去面对

冷的衾枕　空的衣柜

分手后的第一个情人节

一个人听着音乐　坐到天黑

我知道外面的夜色很美

街上都是情人的祝福和玫瑰

呼吸里都有甜蜜滋味

而我却忍着眼泪　不知等着谁

找到你开过的半瓶红酒

却怎么也喝不醉

忽然很想知道

今夜你在哪里　跟着谁

雪 天

在这样一个

下雪的天

很想

偎着一个

暖暖的肩

喝一杯

暖暖的酒

听一句

暖暖的誓言

邮　件

人生　正如一封邮件
主题是　痛苦与失去
幸福与欢乐
只不过是它的　附件
而仅仅就是这些　附件
我们还常常来不及　打开

蛛　网

我愿　在泪水里洗涤

我所有的伤

在疼痛之后　更加坚强

不愿　在幸福平淡里

让心结满　蛛网

玫瑰乌龙

从午后到傍晚

天暗了

水温了　茶淡了

对坐了这么久

也倦了

琴声怎么也断了

原来是唱片换了

好一曲箫声啊

可惜不是那支声声慢

既然累了　厌了　烦了

那就算了　散了

这最后一杯玫瑰乌龙

请让我为你续满

虽然那一份苦涩的娇艳

早已浅了　远了

栀子花开

这是我熟悉的味道
是栀子花的幽香
这些浅浅的摇曳
这些淡淡的芬芳

这是我熟悉的感觉
是你注视的目光
如春风拂面
若秋水荡漾

等　待

你知道我还在原地吗

等着你　我不敢向前

怕你回来看不到　我的笑靥

没有你的消息和踪迹

不知道你已走得有多远

我只有你的回忆为伴

每夜的梦中

将我恩爱千千遍

我不知道你去了哪里

谁在你身边

快乐吗　是否得偿所愿

我只知道　你会回来

这是我唯一的

支持和信念

城市之夜

这城市是如此的热闹

夜晚比白天还要喧嚣

有人放肆的哭泣

有人张狂的笑

有人迷失在这纵横的街道

有些纯情被中伤

有些痴情被嘲笑

有些执著让人想要逃

在崩溃的前一秒

离开你的怀抱

现在没有人

会为分手而吵闹

既然知道是怎样的开始

就该明白何时画上句号

浓的粉底 淡的唇彩

就算憔悴也招摇

告诉自己

精彩就像烦恼

哪里都可以找到

伤

看着你醉　看着你唱

看着你痛　看着你伤

看着你和这些

无聊的人一同放浪

这样所谓的生活

也许你已习以为常

你曾经是那样

纯净的水晶花瓶

被我爱惜地捧在手上

也许只有贪婪的目光

才能让你陶醉　让你欣赏

我这样小心翼翼地守望

只能让你嘲笑　让你弃置一旁

回　忆

是你给了我这么多

悠长的　回忆

如此的纯净　如此的美丽

每到　春来

便如繁花　盛开在心底

那些温柔　那些甜蜜

让我细细地　收集

还有　这

久久萦绕的　馥郁的香气

记　忆

记忆

有时是一个画面

有时是一首诗歌

有时是一支旋律

有时就是这样

一个简单的片段

鲜明着

我们曾经的华年

结　束

既然选择了结束

就请你不要抱着我哭

你的泪只打湿了我的衣衫

不会让我再有一点点的酸楚

别说你无奈　别说你糊涂

别为你的移情别恋找借口

爱本来就是盲目

没有什么正确与错误

别说你会留恋　别说你会记住

没有人能够模糊自己的幸福

能够忘记那些真诚的付出

当情路已走到尽头

只有麻木　只有冷酷

才能让我坚强到最后

你

我以为我将你　藏得

很深　很妥当

包括那些深情的　凝望

那些稍纵即逝的　美好的时光

而在展卷之时　在不经意间

你已跃然　纸上

每个白天　匆匆忙忙

每个夜晚　又是如此的漫长

你和　你的记忆

来得如此　猝不及防

我又如何能够　阻挡

只能放任这些滔滔的思念

将我　席卷

而睡眠　不可即而可望

正如　你一样

逃

满天的繁星应该知道

我在佛前的祈祷

我不敢奢望那些　永恒

那些　天荒地老

只偷偷地求佛　让你看到

我的笑　我的好

而当你的目光越过人群

将我捉到　我却心跳得

只想逃

当爱落下帷幕

当爱落下帷幕

让我们互相拥抱

互相的祝福

放下那些恩怨

那些纠缠

让我们微笑着上路

前方总有我们

各自的归属

有些迷惑有些无助

我们得重新学会去承受

除了自己

没有人能够给我们帮助

有些伤

要在孤独中领悟

有些痛

只能在分离中参透

如果今生你我注定无缘

如果今生

你我注定无缘

请让我把你冰冷的泪滴

串成晶莹的珠链

挂在　爱的树冠

让它丰茂的枝叶不会枯干

如果今生

你我注定无缘

请让我把你深情的注视

裁成　记忆的裙边

在无望的守候里舞动

那些层层翻卷的心酸

如果今生

你我注定无缘

请让我把你温暖的笑脸

刻成　带有谶言的神签
在每一个无眠的夜里
时时刺痛我柔软的心尖

神

神　我求的是永远
而你只给了我这短短的一瞬间
神　我求的是温暖
而你只给了我这枝小小的蜡扦
神　我求的是整个春天哪
而你只把这朵红红的花蕾
插在了我的发间
神　我并没有求痛苦啊
而你却悄悄地　悄悄地
把他带到了我的面前

心　门

我的心　有着

不能碰触的　柔软

而现在我用它

来叩你坚硬的　门环

请你为我开启吧

在它没有破碎　之前

荆棘路

即使是踏着这一路的　荆棘

我也愿意向你　奔去

即使我纤细的双足

已然鲜红　淋漓

也不能让我

有一点点的　犹豫

你的微笑　可以

让我把疼痛都忘记

让追寻在执迷里

变得渐渐　凄美

变得渐渐　清晰

纸　烟

让我的身影走出　你的视线
让我的声息离开　你的耳畔
让我沉默　如夜一般
那些滚烫的话语
永远停留在
颤动的　唇边

只是在最后　在
一个落霞的傍晚
在　窗前
让我为你点燃
这一支
淡淡的　纸烟

晚　餐

这是我们最后的　晚餐

很丰盛　很浪漫

有烛光　有玫瑰

还有我们楚楚的衣冠

我们频频地　举杯

互相交换着

恭维和　祝愿

没有惋惜　没有遗憾

弥漫在谈笑间

我们轻松地和过去

说着　再见

我们优雅地品尝着

沙拉和甜点

品尝着　你

如啤酒泡沫般

丰富的　谎言

游　戏

孩子在自己的游戏里
开怀的　大笑
我们在自己的游戏里
认真的　烦恼

既然你也不能睡

既然你也不能睡

就请你陪我喝一杯

来点音乐　来点气氛

让我们在夜里

让那些不能痊愈的伤

同我们一起麻醉

风　筝

这是风筝的

季节

阳光温煦而

和畅

我爱这自由的

蓝天

爱在这春风里

荡漾

飞翔的感觉

真好

让我几乎

忘了

自己　没有

翅膀

忘了

线　还在你

手上

蚕 梦

对你的思念

一丝丝都作成茧

我困在里面

爱着这窒息

爱着这孤单

因为梦想有一天

能够破茧而出

飞向你

带着我夺目的绚烂

微　笑

也许只有泪水　才能
洗涤我内心的痛
也许只有微笑　才能
让我在你面前　从容
可是　我是多么希望
你能　看到
在淡泊的笑容背后
这无望的　期待
这无望的　等候

离　开

当你要离开一个地方
不管是长久　还是短暂
你会发现　你充满了怀念
不管是恶意的中伤
还是温馨的爱恋

总　是

我总是

不由自主得

说了不少

我怕沉默

怕你听到

我的心跳

我总是

想掩饰得很好

可结果

却总是更糟

你总是

善解人意地笑

仿佛这些秘密

你早已

知道

我愿意

我愿意为你

抛开渴望的承诺

我愿意为你

舍弃想要的结果

我愿意为你

饱受冷落的折磨

我愿意为你

承受刺骨的苛责

我愿意为你

咽下粒粒的苦果

我愿意为你

将心层层地剥脱

我愿意为你扑向

蔑视的炉火

我愿意为你

套上嘲弄的枷锁

我愿意为你

从此保持

永远的沉默

唐　歌

是那一袭
薄如蝉翼的轻透
是善舞的红袖
是袖中舞动的风流

是美目盼兮的流转
是流转间
那一抹
淡淡的哀愁

是举箸欲歌的踌躇
是踌躇间
欲抛的
颗颗红豆

是席间交错的觥筹
是交错间

那一壶

温热的青梅酒

暗　礁

你在幽暗的海底
已经等了我千年
一直　在
等待　我经过
等待　我沉船

香

香　燃烧着
自己
燃烧着
自己的心事

暴　雨

暴雨被狂风抽打得
变了形
如一波波涌动的
烟雾
好似一个个飘忽的
幽灵
急着去赴它们生死的
约定

春华秋实之一

春天给了花朵
美丽的容颜
她却把爱的果实
献给了秋天

春华秋实之二

花儿开着
芬芳的希望
果实结着
甜美的忧伤

盛　宴

人生仿佛

是一场盛宴

我们总是

精心地

准备了

太久

而当我们

终于可以

盛装出席

却发现

这里已然

杯盘狼藉

已经

曲终人散

痛苦的颜色

痛苦
是生命的胭脂水
装饰着灵魂
苍白的颜色

消　磨

也许　前生
我在异乡有过
太多的　漂泊
所以　今世
我只愿在此
与你共同的消磨

珍　珠

珍珠　最初
都是一些
粗糙的沙粒
要多少次
疼痛的磨砺
才有了这样
光洁的圆润
想你　开始
也只是些
细碎的甜蜜
而在多少个
午夜梦回之后
才有了这样
深深的心悸

冬　雪

今夜　留下吗
我的眼里　满是询问
可我知道　你不会回答

水仙　开着小朵小朵的花
而我　说着言不由衷的话
天色　已晚
不如　归去吧

你将我　拥在怀里
轻轻　抚我的发
窗外　冬雪
正悄悄地落下

星星与花儿

每一颗星星

都很　晶莹

它们　闪着

天空的眼睛

每一朵花儿

都很　轻盈

它们　开着

大地的心情

情　缘

当情　还若
潮汐一般地
涌动　翻卷
而缘　却如
启航的船
正　驶离
你的港湾

当情　还若
四季一般地
轮回　不断
而缘　却如
秋叶缓缓
坠落　在
你的襟衫

当情　还若

候鸟一般地

迁徙　往返

而缘　却如

陌生的新燕

飞过

你驻足的庭前

当情　还若

丝一般地

千回　百转

而缘　却如

僵卧的春蚕

逝去　在

你的指间

无　题

绿水微澜

且舒且展

青鸟殷勤

且去且还

落英缤纷

且惜且怜

尘缘莫测

且深且浅

情丝漫卷

且绕且缠

心弦易断

且抚且弹

交　错

其实　让我
耿耿于怀的
不是错过了
那样的
一场繁华
和那样的
一场盛宴
而是与你
交错的
惊惶失措的
一瞬间

梅　瓶

我所有的记忆

都是　关于你

最初是些　眩晕

模糊了的眼神

和那因为莫名的期待

而微微颤动的心

你的手温柔而　细腻

然后是　不再

柔软的身体　和

你刻下的一些

若深若浅的　痕迹

在我完全僵硬之前

还来得及

听见　你的一声

轻微的　叹息

我不知道是否

在火中哭泣

因为绝望　因为窒息

只记得当我

在你面前　亭亭玉立

你眼中含泪的　欣喜

你抚摸　我

艳如云霞的釉衣

还有　这

美丽开裂的纹线

细密而　清晰

然而所有的人　包括你

都已然　忘记

我原是　山间

那一团湿润的　春泥

杨　花

飞扬

舞着

我洁白的烂漫

因这

春日的暖

因这

春风的欢颜

却终于

黯然地坠落

逐水而远

因这

迎面的轻薄

因这

身后的流言

鸿　雁

我能飞过
辽阔的草原
飞不出
你深情的眷恋

枫　叶

所有的美丽

都始于那一场

严酷的寒霜之后

在深秋

红成那一片

绝望的温柔

祭

收　这一瓣
最馥郁的芬芳
酿　这一季
最甜蜜的馨香
祭　这一生
再不能相守的心伤

蝶与花

花儿从来都是

微笑着看

蝶儿的翩跹

也从不介意

蝶儿的轻佻

轻佻地弄污了

她的花衫

因为蝶儿曾是花儿

怀里的

那一只小小的茧

忍

忍
是心上
一把
未开锋的
刃
刀刀都是
钝痛

荆　棘

你践踏了

我的尊严

却因这

轻微的刺痛

而抱怨

兰　草

如果有叶
如你一般的优雅
那么这世间
可以不必有花

蝴蝶花

我为了心爱的
花儿
舍弃了轻盈的
翅膀
而她却微笑着向我
致意
好像从未认识我
一样

秋海棠

我是秋的魂魄
摇曳着　暗香
是华年的襟裳
渐褪着　辉光

莲的心事

采下我的那个人
并不是那一份前世的缘
所以我
引颈　眺望
在光里　影里
等你驻足的每一个流连

凌　霄

攀着你
并不为爬得
更高
只想看看
你是怎样的
骄傲

含羞草

我蜷起细细的叶片
只是想留住
你指尖的温暖
在你走后
在无人注视的瞬间
轻轻地舒展

种　子

因为
不愿意与你
只共这短短的
一春一夏
所以我选择
永不发芽
永不开花

落　叶

花朵

是大地

献给树木

致意的新衫

落叶

是树木

寄给大地

告别的书简

秋

雨走后
秋
就浓了
你走后
枫
就红了

默　契

我爱这些
从未出口的
誓言
和这些再也
无法启齿的
爱恋
正如这样一些
默契
我们永不能
言传

痛楚的感悟

在你走后

写下的这些

支离破碎的语言

其实只能让自己更心酸

也好像只有这些

细密层叠的痛楚

才能把你留下的

这份空虚填满

所以我反复地回想

我们的告别时刻

你决然离去的瞬间

水晶莲

当我在佛前

求了永恒的时候

其实并不知道

我将要用一生来凝固

这一段终成虚化的心事

而你我都知道

错过的终将错过

即使缘如今夜

我这样晶莹的

在你的掌心

茶

没有这样
轻柔温和的烘焙
我不能有这样
醇厚的清香
没有这样
反复滚烫的煎熬
我不能有这样
回味的绵长

琉　璃

这晶莹的
光彩
这剔透的
质地
都是因为
经过了
火的洗礼

翡　翠

其实
我和别的石头
也没有什么分别
都裹着
或深褐或浅灰的
坚硬粗糙的外衣
直到你
将我切割
将我打磨
才发现原来
我有着这样
青翠水润的纹理

木变石

既然在我

最挺秀的时刻

命运没能

让你我相遇

那么我宁愿选择

再一次的与你

失之交臂

可是我还是

悲哀地发现

你站在了这里

细细地看我

这面上

岁月的风霜

这心上

虫蚀的痕迹

因为你知道我爱你

我可以被所有的人冷落

但不能是你

我可以被所有的人嘲笑

但不能是你

我可以被所有的人误解

但不能是你

我可以被所有的人欺骗

但不能是你

我可以被所有的人中伤

但不能是你

我可以被所有的人唾弃

但绝不能是你

因为你知道

我爱你

即使我知道

即使我知道

距离是怎样绝望的

横亘在你我之间

即使我知道你无力成全

成全这一份辛苦的爱恋

可是我又怎能让

这颗颤动的心停止企盼

在目光交错的一瞬

在每一个眼神的

会意里面　莞尔之间

触摸到彼此

最不禁撩拨的心之柔软

体味那份煎熬的痛与心酸

此情缱绻　人生苦短

我要的不过是你

一些些的眷顾和缠绵

只为让那些回忆

不因尘封的岁月而黯淡

让那些诗句里的疼痛

永远的新鲜

只有你知道

在我冰封的情感下面

深藏着怎样的激情

而这份激情

是怎样的为你而汹涌

长夜无边

念你的名字

只因它能让这份痛楚

层层的深刻

直到麻木

直到再次的相见

直到那些汹涌的

不肯平服的激情

再次被你温情的注视点燃

可是　我又怎能抱怨

我爱着你给我的这些

痛　　与相思

这是我一生中

最美好　最鲜明的记念

当然　如果你愿意

我可以把这些不能说出的

默默地收藏　直到永远

直到我仿佛再也无力想念

直到我和我的文字

一起腐烂

告　别

爱你

为了你我

曾是彼此的知己

爱你

为了我们

拥有共同的回忆

爱你

虽然你给我的心酸

多于甜蜜

爱你

虽然我早已失去

这个权利

你优雅地告别

安然地转身离去

留我在这里

在掌声与泪水里继续

只是下一幕的精彩里

不再有你

时光的感觉

时光好像

从来不会

为快乐停留

它喜欢

在痛苦里彷徨

在悲伤里游荡

而当我想你的时候

它也似乎沉醉了

满足地在我耳边

轻声地吟唱

相思的牧场

这一片

丰美的

相思的牧场

即使覆盖着你

冷漠的冰霜

也依然

不能停止它

茂盛的生长

版　画

我用

最冷酷的

刀锋

刻下

你最温柔的

面容

记　忆

记忆的底色

愈浅

你的形象

就

愈加地

明显

思　念

思念
若藤蔓一般
在记忆的
缝隙里
疯狂地纠缠
伸展

荷叶上的露珠

如果我

滑落

那么我将会

消失得

极为彻底

包括我的

痛楚

包括我的

心悸

所以

我依在

你的掌心

圆润着

反复着

犹疑

念 珠

我捻动
思念
若一串
念珠
颗颗都是
圆润而
饱满的
心酸

风知道

风知道我想你

所以吹的

无声无息

雨知道我想你

所以下的

淅淅沥沥

你知道我想你

所以笑的

若即若离

琵琶语

谁在听
这一曲悠悠琵琶声
心中事和眼中泪
曾经尘封
怎能轻挥去
这一曲悠悠琵琶声
前生缘共今世情
历历鲜明

谁在听
这一曲悠悠琵琶声
凝眉纤手弄
玉润珠圆弦动荷露清
寒潭影　玉壶冰
春已尽
芳踪逐水起落英
不敢有怨

怨东风

辜负华年与痴情

听这悠悠琵琶声

云淡风轻

秋　月

无论我曾

酝酿过

多少秋桂

馥郁的芬芳

也只能

在今夜

为你洒下

这一地

无边的苍凉

爱你 让我从何说起

爱你

让我从何说起

那一次最初的相遇

我已不能

不能去回忆

爱你

让我从何说起

我已习惯藏你在心底

在心底对你

对你絮絮地低语

爱你

让我从何说起

那些相思层层地堆积

堆积到足以

足以让我窒息

爱你

让我从何说起

为了那些冲动的抑止

我一直尝试的种种

种种徒劳的努力

爱你

让我从何说起

当你的拒绝如此彻底

我还是不能放弃

放弃欺骗自己

错 过

错过你的痛
慢慢腐蚀着
我的一生
支离破碎着
每一段曾经和
现在的感情

谁将我遗忘

是谁在把我想起

是谁又将我遗忘

是谁把寂寞作歌

在心底反复地吟唱

是谁又以深情为弦

拨动相思无声的忧伤

是谁让玫瑰老去

是谁又将我的青春收藏

是谁拂去兰叶晶莹的朝露

是谁又拈起桂蕊馥郁的芬芳

是谁将繁华落尽

是谁化满目的青翠为枯黄

是谁掩去真挚缠绵的凝望

是谁模糊了温柔缱绻的时光

是谁能绝弃想念

无怨 共这一地月华的苍凉

簪花仕女图

慵懒的

午后　晨间

静谧的

宫闱　深院

蝉衣　云鬟

皓腕　朱颜

凝结的

美丽　瞬间

收藏的

寂寞　华年

古　亭

是岁月不能掩去的
精致的容颜
是时光无法
腐蚀殆尽的悠然
是斑驳琉璃的残片
是剥脱褪色的飞檐
荒草抚膝 隐过雕栏
倏忽已过了百年
只是
那一树零落的新绿
依然
纤枝漫卷

美丽的痕迹

我将

爱的伤

一刀刀

刻在心上

每一刀都曾是

这样的鲜红淋漓

时光

温柔地将它们

抚平收起

只留给我

这一个

浅浅的

美丽的痕迹

状如

梅花一样

殇

只是

一些经过

一点衷肠

还有

晨起的寂寞

暮合的忧伤

只是

一些春尽的惆怅

一点秋去的彷徨

还有

四季的流转

和那一抹冬日的斜阳

只是

一些叶落花谢的无常

果实失去了自己的芬芳

还有

大地繁育之后

那一片归寂的苍茫
只是燃烧时的灼痛
只是灰烬后的凄惶
还有
枕边的这一滴清泪
在这琴声如诉的暗夜里冰凉

眼中沙

因为
容不得
眼中的沙粒
所以
宁愿在心上
布满刀痕

修复师

愿我

诸般缺憾

皆能

得你复原

142

如　果

如果

有来生

如果还入

这一道轮回

如果我们

还能再相遇

我愿那世 那时

你能无知无觉

而我也能无怨无悔

鹤　望

伫立　凝望
无分悲喜
只想　仅愿
浑入天地

轮 回

历经轮回

我重回世间

只为再次踏上

寻找你的艰险

那让我至爱无悔的容颜

图书在版编目（CIP）数据

寒布的诗 / 寒布著. -- 北京：作家出版社，2018.1
ISBN 978-7-5063-9802-2

Ⅰ．①寒… Ⅱ．①寒… Ⅲ．①诗集 - 中国 - 当代
Ⅳ．①I227

中国版本图书馆CIP数据核字（2017）第311425号

寒布的诗

作　　者：寒　布
责任编辑：韩　星
装帧设计：雅昌设计中心·北京
出版发行：作家出版社
社　　址：北京农展馆南里10号　　　邮　　编：100125
电话传真：86-10-65930756（出版发行部）
　　　　　86-10-65004079（总编室）
　　　　　86-10-65015116（邮购部）
E-mail:zuojia@zuojia.net.cn
http://www.haozuojia.com（作家在线）
印　　刷：北京雅昌艺术印刷有限公司
成品尺寸：140×210
字　　数：35千
印　　张：5
版　　次：2018年1月第1版
印　　次：2018年1月第1次印刷
ISBN　978-7-5063-9802-2
定　　价：36.00元